소란스러운 세상 속

둘만을 위한 책

소란스러운 세상 속

둘만을 위한 책

Happily Ever After

데비 텅 지음 | 최세희 옮김

윌북

INFJ 데비 텅 카툰 에세이

날 사랑하고 지지해주며,
완벽한 차를 타주는 동반자 제이슨에게
이 책을 바칩니다.

6년 전...

나는 베스트 프렌드와 결혼했다.

부부가 된다는 것

공공장소

집

내일은 일찍 일어나서 집안일부터
다 해치우자고.

좋은 생각이야!

그런 다음 헬스클럽에 가서
진짜 알찬 하루를 보내는 거야.

좋았어.

하하 하하
하하
하하
하하 하하

와, 이번 농담은 좀 셌다.

끝내줬지.

대청소 타임!!!

각자 할 일을 하는 이 시간이 너무나 좋다.

같은 공간에서...

신혼부부

나이 지긋한 분들이 우리를 보면

이렇게 젊은 나이에 벌써 부부라니.

어린 사람들이 우리를 보면

안녕, 아가들아...

두 사람 예약했는데요.

아내분과 함께 창가 쪽 자리에 앉으시겠습니까?

아내...?

아, 뭐야. 나잖아!

아직도 내 기록 깨려고 용쓰고 있어?

아니... 그냥 재미있어서 계속하는 것뿐이야!

알았어. 너무 정신 팔지 마. 시합도 아니고.

알아.

이건 진짜 전쟁이야!

지금 신혼이니까 그런 거지.
몇 년 지나 봐. 모든 게 안정되면...

서로의 나쁜 점을 발견하고,
안 좋은 습관도 알게 되고 그러면...

이미 일어나고 있는 일이야.

그러게.
그럼 우리는 신혼기를 지난 건가.

난 지금 이 단계가 마음에 드는데!

나도!

안녕하세요!
집 보러 오신 분들이죠?
안내해드릴게요.

이 침실은 욕실이 딸려 있어요.

식당과 주방은 칸막이 없이
연결돼 있어요. 이쪽 문은
정원과 이어지고요.

자, 다 보시니 어때요?

꽤 좋네요.

아주
실용적이에요.

매매

와!
저 집 너무 좋아!

어떻게 꾸밀지
벌써 다 결정했어!

신혼의 모험

리모델링

무작정 여행 떠나기

새로운 휴가 전통 만들기

함께 담보대출 받기

서랍 정리 좀 해야겠네.
뭔 쓰레기통도 아니고.

흠... 아직 버릴 때가 아닌 것 같은데.
그럼 어디다 보관하지?

새집으로 이사 가기

기대	현실

새집은 조용한
동네에 있어서 좋구나.
전보다 시내에서
멀어지기도 했고.

공기도 신선하고,
모든 게 고요하고 평온해.

드디어 자연과 하나가
될 수 있겠어.

와이파이가 안 되네.

안 돼애애애애애!!!
어떻게 살라고?

공과금 절약하는 방법

실내에서 옷 껴입기

친환경 가전제품 사용하기

실내 온도 일정하게 유지하기

꼭 붙어 있기

드디어 새 옷장이 생겼어!

슬슬 옷을 집어넣어 볼까?

나도 할래!

1시간 후...

난 거의 다 끝나가는데, 넌 어때?

음... 심상치 않아.

이건 여덟 살부터 입은 옷인데.

너무 작고 꽉 껴서 이젠 못 입겠네.
스타일은 또 왜 이렇게 촌스러워?

다시 입는 일은 없겠다.

네 생각은 어때?
이걸 갖고 있어야 할까?

스트레칭

으아아아

휴! 하루가 이렇게 가네.

음...

이제 막 일어난 주제에
그런 말은 좀.

오늘은 집안일을 좀 해야 할 것 같아.
옷을 다릴래, 바닥 청소를 할래?

다림질은 네가 나보다 훨씬 잘하잖아.

그럼 내가 다림질할게.

바닥 청소도 네가 훨씬 잘하지.
난 형편없어.

그래.
내가 이것저것 다 잘하지.

그럼,
집안일을 시작해볼까?

헉!

어... 이 쓰레기 좀 갖다 버려줘.

알았어.

지금 막 나가려던 거 아니었어?

맞아,
그런데 말 많은 옆집 사람이 나와 있어서.
말을 틀 마음의 준비가 안 됐거든.

위층에 올라가는 김에
우리 방에서 내 재킷 좀 갖다줘.

알았어.

무슨 색이지?

검은색!

검은색 말고
더 알려줄
정보 없어?

쇼핑 갔다가 평소보다
환한 옷을 좀 샀어.

이번 시즌에는 옷장에
변화를 줘보려고.

어디 보자.
다 검은색이잖아!

아냐.
이건 군청색이야.

나 이거 먹고 싶은 줄 어떻게 알았어?

감이 딱 오던데.

나 아직 화 안 풀렸어.

우리는 책임감 있고 성숙한 어른일까?

며칠 전...

와! 이 인형 너무 귀엽고 폭신폭신해!!!

당장 지르자!!!

으...

너무 불안해.

이해해.
마음을 가라앉혀 보자.

정말 오래 걸렸어.

그래, 이건 아주 큰 도전이야.
하지만 내가 옆에 있어줄게.

데비?
치과 치료 받으러 오신 거죠?
들어가세요.

와...

결혼식 때와 비교하니
둘 다 살 진짜 많이 쪘다.

같이 운동하면
동기부여도 되고 좋을 거야!

부부 운동

기대

현실

이렇게 열심히 운동했으니
보상으로 맛있는 거 사가지고 들어가자.

그래! 넉넉히 사자.
배고파 죽겠어.

살을 빼겠다는 우리 계획은
처음부터 잘못됐던 거 같지 않아?

다녀왔어?

응, 오늘 힘들었어.

무슨 일이 있었는데?

이럴 때 제일 편해.

나도.

로맨틱한 마사지

기대

현실

으하하하하하!!!
간지럽잖아!!!

아직
손도 안 댔거든?

| 나 |

| 제이슨 |

와, 저 여자 좀 봐!

나도 저런 몸매면 얼마나 좋을까?

뉴 스타일

난 지금 네가 좋은데?

후룩 *후룩*

우리 권태기에 접어드는 것 같아.
낯선 곳으로 여행을 가보자.

좋아!

후룩 *후룩*

내가 뭘 찾아냈게?
우리가 결혼했을 때 만든 스크랩북이야!

우리의 추억을 남기고 싶어서
사진도 붙이고 글도 썼어!

몇 페이지만 채워져 있고,
뒤엔 아무것도 없네?

그래... 채워 넣는 게
보통 일이 아니더라고.

식물을 또 들이게?

응!

이건 관리하기 쉬운 식물이야.

이제부터 '우디'라고 부를 거야.

집 안에 이미 화분이 차고 넘치는데! 집이 아니라 정글이라고!

과장하지 마!

해야 할 일이 있지 않아?

있지,
하지만 네가 누워 있는 걸 보니
나도 옆에 눕고 싶은걸.

함께

읽고

쓰는

월북의

"글 쓰는 솜씨를 키우는 유일한 방법은
오직 글을 직접 써보는 것뿐이다."

『묘사의 힘』 중에서

책 — 들

www.willbookspub.com

작가들을 위한 사전 시리즈

트라우마 사전

작가를 위한 캐릭터 창조 가이드

안젤라 애커만, 베카 푸글리시 지음 | 임상훈 옮김

딜레마 사전

작가를 위한 갈등 설정 가이드

안젤라 애커만, 베카 푸글리시 지음 | 임상훈 옮김

트러블 사전

작가를 위한 플롯 설계 가이드

안젤라 애커만, 베카 푸글리시 지음 | 오수원 옮김

캐릭터 직업 사전

작가를 위한 인물 창작 가이드

안젤라 애커만, 베카 푸글리시 지음 | 최세민, 김흥준, 박규원,
서연주, 이두경, 이학미, 최윤영 옮김

디테일 사전 도시편 ⊗ 시골편

작가를 위한 배경 연출 가이드

안젤라 애커만, 베카 푸글리시 지음 | 최세희, 성문영,
노이재 옮김

나만의 이야기가 작품이 되는 순간

묘사의 힘

'말하는' 문장을 '보여주는' 문장으로

샌드라 거스 지음 | 지여울 옮김

시점의 힘

독자는 모르는 작가의 비밀 도구

샌드라 거스 지음 | 지여울 옮김

첫 문장의 힘

서두에 반드시 등장해야 하는
4가지 필수 플롯

샌드라 거스 지음 | 지여울 옮김

퇴고의 힘

이야기를 작품으로 만드는 실전 퇴고 스킬

맷 벨 지음 | 김민수 옮김

빌런의 공식 ⊗ 히어로의 공식

독자의 마음을 사로잡는 캐릭터 만들기

사샤 블랙 지음 | 정지현 옮김

좋은 글을 짓는 마법의 시간

레버리지 독서

세상을 바꾼 타이탄들의 책읽기

마틴 코언 지음 | 김선희 옮김

문장 교실

베스트셀러 작가이자 현직 교사가 들려주는
글쓰기 비법

하야미네 가오루 지음 | 김윤경 옮김

매일, 단어를 만들고 있습니다

언어와 사랑에 빠진 사전 편집자의
특별한 이야기

코리 스탬퍼 지음 | 박다솜 옮김

문장의 일

최고의 문학이론가 스탠리 피시의
문장 수업

스탠리 피시 지음 | 오수원 옮김

카피 공부

더 적은 말로 더 많은 이야기를 하는 법

핼 스테빈스 지음 | 이지연 옮김

첫 번째 결혼기념일

이 식당 진짜 근사하다!
음식 맛도 끝내줘!

두 번째 결혼기념일

오늘 저녁은 내가 해줄게.
음식이 좀 탔는데 괜찮지?

세 번째 결혼기념일

결혼기념일 축하해!

나도 카드 썼어!

네 번째 결혼기념일

음... 뭔가 까먹은 게
있는 것 같은데.

그러게,
뭐더라...?

지갑 어디 갔지?
좀 전까지만 해도 들고 있었는데!

탐정 데비에게
맡겨주세요!

어디 봅시다... 집에 돌아와서
맨 처음 하는 일이 2층 침실로 올라가는 거죠.

그리고 침대 위에
아무렇게나 벗어던지고요.

현재 침대에는 없는 게 확실해 보이는군요.
그렇다면... 어디론가 튕겨나가
바닥에 떨어져 있을 공산이 큽니다.

역시... 바닥에 있군요!

여기 있습니다.

고마워, 자기야.

그런데 혹시
내 열쇠 못 봤어?

잠이 모자랄 때의 그

좀 피곤한데.

잠이 모자랄 때의 나

저기...

말 걸지 마!!!!!!

비가 오면 그는...

아, 이런, 비가 오잖아!

비가 오면 나는...

와! 비가 오네!!! 신난다!!!

봐! 별똥별이야!

소원을 빌자.

우리가 늘 행복하기를.

그리고 근처에
화장실이 있기를.
나 진짜 급해.

오늘 왜 이렇게 예뻐?

아, 고마워!

둥글둥글
귀요미 같으니라고!

나한테 알랑방귀 뀌는 거야?

내 표현이 좀 구닥다리지?
헤헤...

나중에 친구들과
점심 약속 정하는 것 잊지 마.
난 마음의 준비가 됐어.

나도!

이 동네에 이사 온 지 얼마 안 돼서 적적했는데 이렇게 알고 지내게 돼서 기뻐요.

다음 주에 점심 식사하러 오세요.

그럼요, 꼭 갈게요!

너무 기대돼요. 다음에 봐요!

이게 무슨 의미인지 알아?

우리에게 첫 번째 '부부 친구'가 생긴 거야!

있잖아.
옛날 친구들과의 모임에
가기로 했어...

같이 가줄 거지?

그래... 하지만 난
그 친구들을 잘 모르는데.

그냥 내 방패막이가 되어줘.
대화가 끊기지 않게 거들어주고.
나 혼자서 하면 진이 다 빠져서 그래.

모두 해피 뉴 이어!!!

파티 시작!!!

HAPPY NEW YEAR

안녕! 정말 즐거웠어.

해피 뉴 이어, 자기야.

해피 뉴 이어.

오늘 날씨가 아주 쌀쌀한 것 같아.

나가기 전에 든든히 껴입어!

이 기사 재미있다.
행복한 결혼 비결에 관해서...

흠! 우린 그런 것 읽을 필요 없어!
내가 다 알고 있으니까.

정직, 믿음, 상대의 말을 경청해주는 것...

지금도 앞으로도 든든한 뒷받침이 되어줄
남편을 만난 걸 고마워하라고!

빼먹은 거 있나?

각자 쓰는 화장실.

으으으으읍

안 열려!

흐으으으읍

도저히 안 열리네.
병따개 같은 게 있어야겠어.

어, 열렸다!

내가 다 열어놓은 거나
마찬가지야.

딱 맞는 실내 온도를 찾아서

빛나는 갑옷을 입은 나의 기사여! 어서 나를 낚아채 가주오!

냉큼 이리 오시오!!

우리가 함께 산 지도

꽤 오래됐지.

그런데 널 볼 때마다

나는 여전히
가슴이 두근거려.

오케이... 몇 분만 기다리면 된대.

할 말 있어?

파란 선이
두 개가 나왔어.

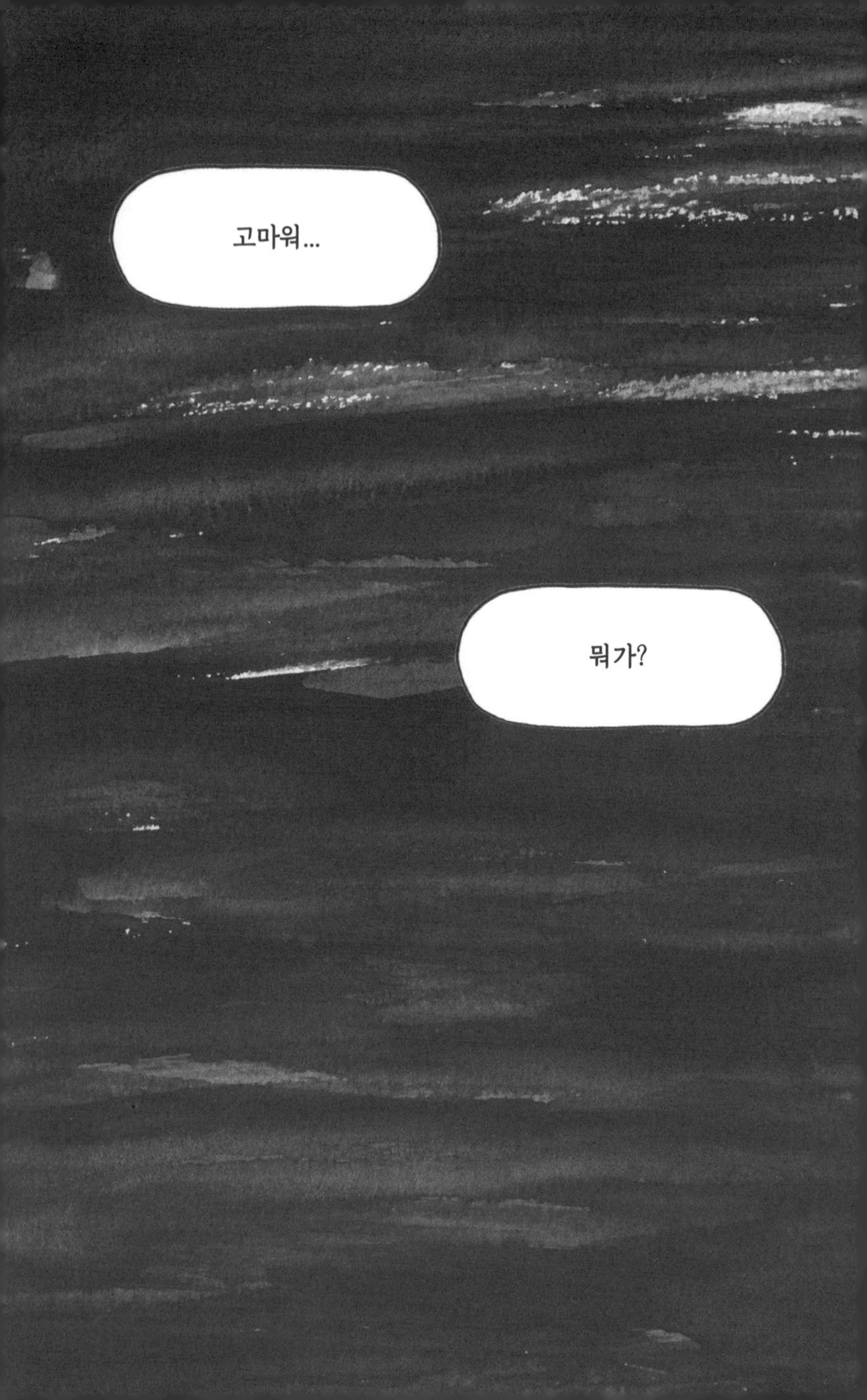
고마워...
뭐가?

네가 너라서.

Happily Ever After
& Everything In Between

— The End —

지은이 _ 데비 텅 Debbie Tung

데비 텅은 영국 버밍엄에 사는 만화가이자 일러스트레이터다.
'Where's My Bubble (wheresmybubble.tumblr.com)'을 운영하며
소소한 일상, 책, 홍차에 관한 만화를 연재한다.

지은 책으로는『딱 하나만 선택하라면, 책』,
『소란스러운 세상 속 혼자를 위한 책』이 있으며
《허핑턴포스트》,《보어드팬더》,《9GAG》,《펄프태스틱》,《굿리즈》등에
작품을 기고한다.

옮긴이 _ 최세희

대학에서 영문과를 전공한 후 문화콘텐츠를 기획하고
라디오방송 원고를 쓰며 출판 번역을 해오고 있다.
『딱 하나만 선택하라면, 책』,『소란스러운 세상 속 혼자를 위한 책』,
『렛미인』,『예감은 틀리지 않는다』,『사랑은 그렇게 끝나지 않는다』,
『사색의 부서』,『에마』,『깡패단의 방문』,『킵』,
『인비저블 서커스』,『맨해튼 비치』,『우리가 볼 수 없는 모든 빛』등을
우리말로 옮겼으며 공저에『이수정 이다혜의 범죄 영화 프로파일』이 있다.

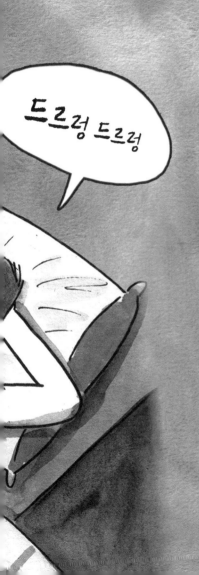

소란스러운 세상 속 둘만을 위한 책

펴낸날 초판 1쇄 2021년 7월 15일
   초판 3쇄 2024년 1월 8일
지은이 데비 텅
옮긴이 최세희
펴낸이 이주애, 홍영완
편집 양혜영, 김애리, 박효주, 문주영, 최혜리, 장종철, 오경은
디자인 김주연, 기조숙, 박아형
마케팅 박진희, 김태윤, 김소연, 김슬기
경영지원 박소현
펴낸곳 (주)윌북 **출판등록** 제2006-000017호 **주소** 10881 경기도 파주시 광인사길 217
전화 031-955-3777 **팩스** 031-955-3778
블로그 blog.naver.com/willbooks **포스트** post.naver.com/willbooks
트위터 @onwillbooks **인스타그램** @willbooks_pub
ISBN 979-11-5581-378-2 (03800)

〖 함께 읽으면 좋은 책 〗

혼자가 좋은 나를 사랑하는 법

소란스러운 세상 속 혼자를 위한 책

데비 텅 지음 | 최세희 옮김

책덕후가 책을 사랑하는 법

딱 하나만 선택하라면, 책

데비 텅 지음 | 최세희 옮김